JN002010

歌集

DUET

辻　桂子　鷹志かれん

角川書店

歌集　DUET／目次

カバー絵・カット　川口絵里衣
装幀・本文デザイン　南　一夫

歌集　DUET

辻　桂子・鷹志かれん

せめぎあう私の中の自分たちおとなしい子にペンネーム贈る

新しい私になろう　ペンネーム私が生んだわたしの名前

恋の幻——鷹志かれん

花の冠

草原で花の冠編みながら恋の行方を占ってみる

「草原の匂いがするね君の髪」二人並んで見た流れ星

花の冠被る私の薬指君が通した小花のリング

君は都会(まち)へ　実らぬ恋を予感する乾きくすんだ花の冠

枯れている花の冠越しに見るゆきあいの空恋の幻

忘れたい花の冠葬った枯れ野に初雪舞い下りてくる

しんしんと雪降り積もる　閉じ込めた心ゆらめく思い出の底

青い炎

しっとりと月の光に濡れながら恋の予感に微笑んでいる
眠れない夜のため息会いたいとつのる思いの青い炎(ひ)揺れる

思い出の泡立つ波の寄せる浜二人の影が一つに縮む

絡みいる嘘と真実ほどく時すべて一本の糸と知りたり

追憶の青い炎に身を焦がす眠れぬ夜の哀しみの淵

花火

風を待つ風鈴のように改札の外で君待つ稲村ヶ崎

ソーダ水溶ける氷の傾ぐ音　海を見ている横顔の君

浴衣着て団扇を使い花火見るラムネの玉の音を飲み干す

二人掛けソファーに座る　いつ君が来てもいいよう右側空けて

悲しみも未練も突き抜け青く澄む君は知らない私の心

実験室—辻　桂子

連打

シュレッダーばりばりごご噛み砕き飲み込む秘密重くて固い

ややややや　上位の黒丸目立ちいる混戦秋場所星取表は

「馬場」「場」「ババ」「婆あ」に救われ続きゆく頭の辞書をめくるしりとり

今日は夏至八重洲北口午後七時 bicycle bicycle ヤッホーヤッホー

浴槽の水栓を抜く

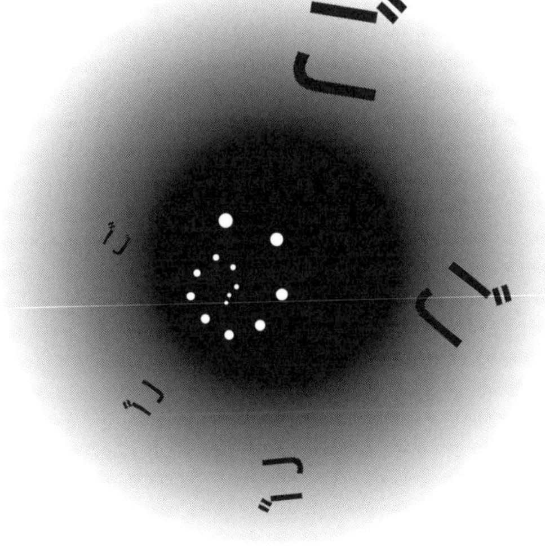

ブラックホールが銀河飲み込む

もじもじ

おっぱいが縦に並んでいる母の文字を眺める　子供はどこだ

「はほなお」に「けた」も加わり解読の難易度上がる乱視の文書

かわいらしいシャワーヘッドとアイロンの乗る文字眺めるタイ国内線

タイの文字には◌ัや◌ีがある

太文字の20ポイントゴチック体

恫喝めいた課長のメール

ダイエット中一口だけで幸せになれるケーキで満腹

は夢

おっぱいが縦に並んでいる「母」は四千年も前のピカソだ

仮分数

弁当にマクワウリ狩りする野バラ
BeMgCaSrBaRa 周期律表呪縛のリズム

仮分数あたまでっかち

おっとっと

分母は笑う星の降る夜★

トミーと一緒

辻 桂子
鷹志かれん

5倍速を生きる

昨日拾われたはずの子犬の白い影一匹だけの夜の道端

捨てられて拾われて又捨てられた子犬は私を待っていたのか

おいでおいで呼び寄せ抱き上げ連れ帰りミルクにスープ　（この家（うち）の子になれるのかな）

近づいてにおいを嗅いで舐めている好奇心旺盛名前はトミー

ピンと耳立てて私を待つ犬の体内時計（散歩に行きたい）

嬉しさが体中から弾け飛ぶ尻尾ぐるぐる（お散歩だ！お散歩だ！）

星と月跳ねて弾んで笑ってる犬の散歩は駆け足がよい

雷が吠えるもうすぐじょばじゃじゃじゃ震える草木耳伏せる犬

目覚めたら雪で真っ白　肛門を尻尾で隠し腰抜かすトミー

どんな夢見ているのだろう腹を出し脚はぴくぴく寝言のトミー

トースター「チン」と響けば「ワン」と言う「バタートーストボクも食べたい」

おすわりで遠慮しながら吠えてみる「おりこうさんにごほうびちょうだい」

わたくしの口とエサ皿嗅ぎ比べ三白眼で皿ひっくり返す

おあずけを我慢できずにがっついた君の前世の悪事を思う

春が来たボクはいつから幼稚園？　ひなたぼっこの夢みるトミー

犬見れば飼い主の顔思い出すおばあさん具合悪いのかしら

「犬」と呼ばれ（それは差別用語だ）と抗議のまなざし伏せているトミー

飼い主を遠慮がちに見尻尾振る（長話は嫌、ボクの散歩だよ）

「猫の手も借りたい」（ボクの手をどうぞ）残業疲れの肩に肉球

飽きやすいのも年をとるのも速い犬の時間は5倍速なり

私より後に生まれて先に死ぬ口元たるむトミーいたわる

公園のベンチで休む走れなくなったトミーの眉毛の白髪

（そんなことどうでもいいよ　ふん）という顔した小春日和の老犬

バラード　—　鷹志かれん

ダスティン・ホフマンを待っていたのに

遥か昔に別れた人の訃報来る恋の記憶の波押して来る

ずっと昔に終わったはずのことなのに声も匂いも蘇り来る

二人見た二本立て映画は「卒業」と……もう一本は思い出せない

あの頃は別離（わかれ）はないと思ってた「じゃあね」と手を振る毎日だった

いつのまに捩（よじ）れ縺（もつ）れて切れた糸　思い出せない別離（わかれ）の言葉

すれ違い少しずつ離れ遠くなる諦めに似た別離（わかれ）の形

会議中窓の外見る　今頃は花にまみれる棺のあなた

ダスティン・ホフマンになったあなたを待っていたさらわれたかった花嫁の私

ＰＣの画面右下 13：05（いちじごふん）　あなたは骨になりゆく頃か

切れた糸に纏わり続けた「生きていればいつかは会える」ああ夢が死ぬ

魂は解き放たれてどこにでも行けるならすぐ来てほしい　今

あなたの体を成した分子を呼吸する日が来るだろうか　夕日眺める

高層ビルに半分隠れる夕日見る　今頃あなたは骨壺の中

「その香りは何？」と聞いても笑うだけ　あなたのコロン探す寄り道

コロンのテスター次々試す　今もまだあるのだろうかあなたの香り

目を閉じて思い出の淵　探し当てたあなたの香りのコロン購う

ぶらんこにコロンの匂いひとり嗅ぐ　思い出たどる星のない夜

ハンバーグが得意なあなた玉葱を切っても涙出なかったっけ

分量はきっちり量るエプロンで実験しているあなたの手料理

追憶のオニオンスープを再現する私は今もざっくり目分量

玉葱のせいにしておくこの涙いつか会えると思っていたのに

絶好調のふたりが笑う30年前の眩しい海辺の写真

写真の日付見て息をのむ8・1　30年後はあなたの命日

目の中の小さな海があふれ出る写真のふたりゆがませながら

脱け殻に少し残った生々しい記憶は止まったままの永遠

日常の断片

辻　桂子

夕食のおかず

勾玉のような形で傷もある一山百円これも秋茄子

傷を剝き乱切り茄子を油炒め　できそこないが鮮やかに照る

量り売り70ｇの挽き肉をじゅわっと広げぽろぽろにする

豆板醬少し加えてできあがり　ちょっぴり高級本格派です

新鮮さだけが取り柄のへなちょこの茄子が主役の肉味噌炒め

冥界新聞

しんみりがやがて賑やか通夜の酒じっと聞き入る真顔の遺影

ぶかぶかの眼鏡をかける喉仏今日から読める冥界新聞

「次に入るのは誰かしら」骨壺の整列を見る生者の整列

この石の下に一族集まって次に明るくする人を待つ

また一つ増える骨壺見下ろして入る順番考えている

夜のコピー機

明朝の会議で配布冊子体モノクロ50部　頼むぞ　コピー機

涼しげな緑の視線でスキャンしてちょっと考えコピー始まる

ンガガガ叫び声する駆け寄れば紙を詰まらせ気絶している

腹を開き喉あたりも開けぐちゃぐちゃの紙を除いて「どや？　また頑張れ！」

ううううしばらくうなり動き出す四角四面の健気な相棒

静寂が本日終了宣言する一人の残業オフィスは広い

「また明日ね」節電モードのコピー機に黙礼　消灯　退出　やれやれ

なぞなぞ

辻　桂子

問題1　この部屋はどこ？

堂々と金木犀の香る部屋にイケメン烏枢沙摩明王（うすさまみょうおう）のお札

（ヒント：ラベンダーの香りのこともあります）

問題2　これはだれ？　漢字四文字を入れて短歌を完成させてください。

食べ物やうんこが浮いて見える時そこにいるはず●●●●

（ヒント：昔、ピンク・レディーが歌っていました）

＊答えは次のページ

正解1　トイレ

作者のひとこと：トイレの芳香剤と不浄除けの守り神（烏枢沙摩明王）を合わせてみました。

正解2　透明人間

作者のひとこと：この薬を飲んで透明人間になって……というＳＦに子供の頃接しましたが、あれはヘンです。薬は衣服には効きません。だから、透明人間になるには、常に裸のままで、いつもおなかの中は空っぽ、うかつに食べられないしうんこもためられないはずです（消化管の内側は外界です。ミミズのような管状のいきものをホースに置き換えてお考え下さい。ホースの中の水はホースという物体そのものではありませんよね）。

うたくらべ

辻　桂子

鷹志かれん

きっぱりと赤／辻　桂子

地球って青いのだろうか？　赫！赫！赫！　ナミブ砂漠の砂丘に登る

カラオケの赤地に黄文字の看板は夕闇色を爆破している

まっすぐな駅前通りの信号はずっと先まできっぱりと赤

赤の情景／鷹志かれん

ひとつだけ初めて咲いた赤い花二十年目の実生の椿

スパイダーリリーの赤い沈黙に突き上げて来る死者の怨念

雑念も落ち葉のように掃かれゆく澄み切った目の頬赤き僧

ぬばたまの／辻　桂子

「ぬばたま」というヘアサロン金髪の店長茶髪をピンクに染める

大ニュース大ニュース一夜干しの大みみず　激しく行き交う大黒蟻

どろどろの東京の夏の夕間暮れ窒息しているどす黒い富士

冬／鷹志かれん

ストーブを出せば黒豆煮たくなる居間で空気を味付ける夜

冴えわたる夜の静寂（しじま）を裂くサイレン凍る月刺す真っ黒な梢（うれ）

赤外線吸収体なる黒猫を撫でて風なき冬日を憩う

月

サラリーマンの金メダル／辻　桂子

Ｓ玉の黄身がにじんだ目玉焼き飛んでマンション上空に浮く

自社ビルに二つ明るく残る窓午後十一時月高く照る

あの月はサラリーマンの金メダル　グリコの男の頭上に光る

月と嘘つき／鷹志かれん

そんな音誰が聞いたか「こうこう」と月の光の降る帰り道

嘘をつく男の薄い唇と舌の厚さを測るくちびる

薄雲をくぐって抜ける白い月　嘘八百の一夜の終わり

時の流れに／辻　桂子

蒲団から出る決心のつかぬまま夢の続きにしがみついてる

これをしてあれしてそれも　欲張って開いた file 全部 freeze

終わりなき呪文唱えるプリンター吐き続けてる文字化け文書

独楽は回る回っていれば倒れない必死で回る死ぬまで回る

締切に追われ締切追い越して勝たねばならぬ時の流れに

時の舟に乗って／鷹志かれん

時の舟に波の調べを聞きながら空に浮かんでいる夢の中

うっすらと渦巻く星雲生れし頃アンモナイトは虹を吐き出す

貝殻に耳を寄せればノトサウルス時の彼方に愛を囁く

掌に遊ばせてみる何百年も波に揉まれた角のない石

何ということもなくただ過ぎてゆく流れる水のような一日

コロナの時間／辻　桂子

初対面改まった挨拶をするマスクずり下げ黙って微笑

スナイパーも在宅勤務　半世紀の連載途切れるゴルゴ13

スイッチオフ労働機会を奪われた乾いたジェットタオルの埃

突然の喃語の発言WEBカンファテレワークパパの膝に赤ちゃん

当たり前が当たり前でなくなってからしみじみ当たり前感謝する

コロナの一年／鷹志かれん

顔半分白い集団うねる朝　在宅勤務できぬ人々

ウィズコロナニューノーマルなど語彙増える１０１歳の寝たきりの母

みしみしと寄り来る暑さ　踏ん張って青信号を待つマスク達

エレベーターの四隅に貼り付く四人ともおんなじ思い「もう乗らないで」

冬の季語ではなくなったユニバーサルマスクはいつまで続くのだろう

さいたま-とみん【埼玉都民】 毎日、東京都心部へ出稼ぎに行き、寝るために埼玉県内の家に戻る人。同様に、東京の学校に通う埼玉県在住の学生について呼ぶこともある。

〈補足1〉東京都区内に比べ物価が安く、JR・私鉄・地下鉄など都心部へ繋がる交通網が発達しているため、特に県南部が東京のベッドタウンとなったことが背景にある。通勤通学のラッシュアワーの駅と電車の混み方は京阪神・名古屋近郊など他の都市圏とは比べ物にならない。押し屋（混んでパンパンになった車両にさらに人を乗せるため、乗客の背中を押す学生アルバイトなど。近年、路線の複数化・時差出勤などによる混雑緩和と安全重視のため、姿を消した）、階段やプラットホームを埋め尽くす人、オフィス街に向かうほぼ一方通行状態の人波などは、外国人観光客の恰好の被写体。

〈補足2〉埼玉で生まれ育ったわけではなく勤務先が東京となったために埼玉に引っ越してきた人の場合は、小学校の社会科で埼玉の歴史、地理について学ばなかったため、埼玉県や居住地域に対する知識も愛着もないことが多々ある。

〈補足3〉起きてしっかり立派に活動している時間のほとんどが東京都内であるため、埼玉県民であるという自覚が薄い（または、ほとんどない）。土日は疲れ果てて家でごろごろ、の勤め人であれば、なおさらである。

〈補足4〉地元の首長選や議員選などの投票率が低いのは、前記のように、埼玉との時間的・心理的な距離感の影響であると考察されている（らしい）。

〈補足5〉ニュアンスとして、「生粋の江戸っ子ではない」「どうせ東京人にはなれない」「所詮は偽の都民」さらには「洗練された都会ではなく、田舎のにおいのする埼玉」「ださいたま」（「ださい」と「埼玉」を合体させた造語）という鬱屈した気分が感じ取られる（かもしれない）。逆にポジティブな語感として、日本の首都の行政や経済活動・文化活動などを支えているのだ、という自信や誇りを感じる人もいる（かもしれない）。もっとも、「痛勤」（暴力的混雑に耐えて通勤するイメージをもとにした造語）の哀感も漂う（かもしれないが）。

〈類語〉千葉都民、神奈川都民など。

〈参考〉**さいたま-しん-としん【さいたま新都心】** 東京への一極依存・機能集中を回避し、都心の官公庁機能を周辺地域で補完するために開発された、さいたま市の地域名。旧浦和市、旧大宮市、旧与野市にまたがる。都心の官公庁機能の移転にともない、「埼玉に通勤する都民」も増えたが、このような人を「埼玉都民」とは呼ばない。

埼玉都民のデュエット

辻　桂子
鷹志かれん

*通勤

ふくらんだ朝の空気をからませて無言の人波駅へとうねる

他人(ひと)の吐いた息をすぐ吸うぎゅう詰めの通勤電車に立ちんぼ50分

朧なるスカイツリーの影探す吊革握る腕の間に

＊デスクワーク

パスワード３つ使っていざ入らん００７(スパイ)気取りでデータベースへ

あちこちで発音音程様々なくしゃみ爆発二月上旬

*休憩・昼休み

魂を飛ばしているよ屋外に追い出されたる喫煙者たち

歯車のはずれた心　口の中冷めたコーヒー温めている

雲の中働く人が見え隠れ窓の大きなビル仰ぎ見る

待つ人の無言の圧力背に受けて丼物をかきこむ5分

あの道を矯めてみたいな11階給茶機前から見えるジグザグ

＊会議

「意識不明重態」ばかりを前にして形式だけの食後のプレゼン

ボールペンくるくる回す脳ミソもからまわりする午後1時半

目も耳もかすみ他事（よそごと）考えるアリバイ作りの会議出席

流れゆく雲に抗う昼の月　今日の会議は濃霧の彼方

（その面（つら）を被った脳にかざしたい）考えの甘さ測る糖度計

＊もう少しデスクワーク

西日受け赤く染まった壁に影●に■は私・パソコン

日は長くなっても一日二十四時間時計と競争仕上げに拍車

＊雑談・飲み会

「土曜日の釣り損ねたのはでかかった」次長の話8割に聞く

走ったり滑ったりして出た言葉オブラートには包まぬ本音

「割り勘でいこうぜ」（今日もルート3）課長のあだ名目配せで呼ぶ

*帰り道

この仕事時間と労力ばかり食う　食ってやろうぞ全部載せラーメン

涙ぐむような街の灯すり抜けて夜に溶けゆく疲れた心

真夜中のビルの谷間を幽霊がさまようようにレジ袋舞う

＊帰りの車内

ゲーム二人 iPhone 三人居眠り二人…少年ジャンプが一人もいない

吊革が2つ使える　ちょっとだけ内村航平　懸垂したい

腹の虫突然吠える２割引夜のコロッケ車内に匂う

それぞれの疲れ溜め息詰め込んだ帰途の車窓ににじむ街の灯

吊革の輪に手を通しもたれ立つ車窓の顔をよぎる街の灯

空と風と光と

鷹志かれん

智恵子の知らぬ空

東京にも一応空があるのです不等辺多角形の空が

これも空と呼んでいいのか電線とビルが区切ったうつろな空間

でこぼこの淡いピンクに霞む空息苦しそう富士山おぼろ

新宿のビルの間（はざま）の細切れの空に満月はさまっている

酸欠の金魚のように東京の幾何学的な空を見上げる

飛行機雲

髪切りてうなじ淋しく見上げれば飛行機雲の伸びる青空

あの傷はやがて消えようジェット機に作られてゆく空のケロイド

ゆっくりと空にひっかき傷残す点にもならぬ飛行機探す

楽しげに飛ぶ白い雲思い詰めた白一直線が追い抜いてゆく

電線が小さく切った夏空に飛行機雲がとどめ刺しゆく

青い風

たどたどしいピアノの練習春風の揺らすレースのカーテンの影

静寂を従え駆ける青嵐緑の山をうらがえしつつ

田の水の中を飛ぶ鷺　田に下りて空の青さをついばんでみる

千枚田それぞれに浮く白雲を撫でて揺らしてゆく青い風

降りしきる青葉の光浴びながらわたしは樹下を吹きぬける風

五月の不安

あつものに懲りてなますを吹くように初夏のドアノブそーっとさわる

ゴールデンウイーク明けるさみしさと不安のカクテル欅の光

竹林に迷い込みたる日の光五月の不安ゆらめいている

しゃぼん玉吹いている顔貼り付けていびつに育つ五月の憂鬱

五月晴れ不安という名の雑草が心の沼に深く根を張る

これでいいのだ―辻　桂子

頭上の電球

ＬＥＤに置き換われない　ひらめきは豆電球が点るイメージ

何を売る「栗屋」に「川屋」売り物に屋の付く店も絶滅危惧種

仰向けに寝ているときは平べったい伸縮自在私の背後霊

回すものがなくなっている回転扉電話のダイヤルテレビのチャンネル

「ダイヤルMを廻せ！」と言われ困ってます。Mないどころかダイヤルがない

これでいいのか

ヘボン式の弊害「アワード」定着す「スターワーズ」と誰も言わぬが

どちらかと言えば一羽だ　正しくは一頭　シジミチョウが一匹

生産性のないことをする山登りてっぺんの岩に石積み上げる

誰も見たことがないのにたいていはグレーか茶色図鑑の恐竜

「当店にペット用品ございません」「猫いらず」が通じないドラッグストア

どうでもいいこと

濁音と半濁音の組み合わせビピンパビビンパ……どれが正しい

光より速いものなく命名に困っただろう「のぞみ」に乗り込む

足長く筋骨隆々スポーツが得意な幽霊見たことがない

半世紀生きてきたのにまだ見てない蓑着ていない裸のミノムシ

夢の島四千年後に発掘するそれでわかるか現代（いま）の生活

自然発生

コキ５００００積載禁止環境にやさしいコンテナ　自動車(くるま)と競争

掃き清められた玄関　福の神どうぞこちらへお越しください

ちょっと見るだけのつもりがつい買ってしまった西陣織小物入れ

同窓会

辻　桂子
鷹志かれん

大学再訪

この道を通（かよ）ったときの店がない時の迷路にひとり佇む

２８０円のり弁の店なくなって宅配ピザのバイクが２台

辛うじて残ったケーキ屋代替わり confectionery 洒落た店先

実験棟培地と有機溶媒臭消えて新棟そびえる無臭

野球部はどうなったのか校庭のあった所に新校舎あり

その昔煙草屋小町のばあさまも消えて taspo の自販機一台

椿咲く家庭教師のバイト先違う苗字の表札がある

思い出を煮なおしましょう辛(つら)かったことは甘辛ちょっぴり苦い

ゆきあいの空

卒業後三十年も会ってないふわふわ出かける同窓会に

時の迷子あるいは囚人　当時の氏名とあだなの名札を首から下げる

恰幅のよいバリトンは誰だろう　細くてピヨピヨだったS君

「君、何歳？」

「45歳」

「俺もだよ」

「あたりまえじゃん同級生じゃん」

おしゃべりに夢中の群れの片隅に黒リボン付き写真がひとつ

白黒のリボンのついた額の中君は少女のまま笑ってる

大切な本を傷つけ知らぬふり黙って返した14歳(じゅうよん)の秋

天国の君に「ごめんね」ゆきあいの空が涙に滲んでゆがむ

青春と地続きの今振り返る青春は草茫々の彼方

パスワード「私」の証明数桁の記号ですます　私とは何？
わたくしの方程式は変数ばかり一生かけても答えは出ない

跋

無垢な歌・無垢な自画像

飛高　敬

最後まで読んでいただいて、ありがとうございました。いかがでしょうか。率直な受けとめ、ご感想などいただければうれしく存じます。

〈奇想天外？　特異な歌〉

はじめに、曠野短歌会の歌会の辻桂子短歌の受けとめと私の指導の方向、重点についてかいつまんで述べる。

「奇想天外な作品ばかりで、ついていけない。」

たしか、辻桂子が歌会に現われたのは九年前と記憶する。毎月、各自五首ずつ題をつけて提出、編集長が冊子にして参加者に提供、歌会は、会員各氏の受けとめ、考えのやりとりを経て、主宰がまとめるという形で進行する。一人五首にしたのは、今まで短歌を作ったことのない、素人集団一人一人の勉強の場として少なくとも、ベテラン揃いの結社の五倍は努力することを目標にしたこと、歌会参加者が少数であることによる。午後一時から五時までみっちり続く。題、五首の構成、一首一首の内容に迫る、切迫感をもった歌会である。花咲か爺よろしく、必ずしも報われないで来た会員一人一人の後半生に花を咲かせることができたらと始めたのが「曠野」である。結成以来、三六年になる。

「これも立派な短歌です。花を歌い、鳥を歌い、風の流れを歌い、月の美しさをめでる、自然と人間のかかわりを歌う古来からの日本人の伝統をベースにおいて考えれば「奇想天外」と思えるかも知れません。しかし、短歌は多種多様、懐の深いものです。作者の着想や素材の選び方、表現の方法など、読者としての自分を作者の側に近づけて読んでください。少しずつですが、だんだん作者の意図やねらうものが見えてくる。心しなやかに受けとめましょう。」

「私たち常人と違った特異な体験を歌う歌たとえば難病、重病等ハンディを持った人の歌、死を題材にした歌等々が高い評価を得ていることにショックを受けている。凡人の私には、人と大きく変わった特異な歌は作れない。」

この受けとめは暗に辻桂子の作品を指している。

「当たり前の人が一生懸命生きてゆく。この過程で喜びも悲しみも苦しみもいっぱいある。この体験を素直に、飾らず歌ってみてください。一人一人日々真剣に歌と向き合う事で、自分の歌がだんだんにできてきます。短歌は人間、その生き方、心、魂の表現といっていい。一人一人持ち味がある。宝物をもっている。あせらず腰を落として自分の中に眠っている宝物を掘り出しましょう。」

二つあげた受けとめは、辻桂子短歌への痛烈な批判だが、それだけ曠野短歌会に大きな衝撃を与えた。このショックを素直に受けとめ、辻桂子短歌を理解し、自分の中に取り入れようとする意欲を持つ人たちが辻桂子と共にのびてきた。

〈歌集が成るまで〉

この辻桂子が還暦を期して歌集を上梓したいという。しかも、角川書店から出したいという。はじめての歌集でもあり、大変なことだと思ったが、本人の希望を受けとめることにした。快諾いただいていた石川一郎編集長は矢野敦志編集長に替わったが、私が二冊の歌集でお世話になった打田翼氏が辻桂子を担当してくれることになった。うれしいことだ。

「辻桂子×鷹志かれん」と銘打つからには、二人の対照がきっぱりしていなければならない。一読明解、明と暗、光と影、ロゴスとカオスと、一人の中に存在するもう一人の人間との葛藤、苦悩、衝撃、歓喜、悲しみ等混沌たる闇。その中に見えてくる光。できるだけ深く掘ってみようとアドヴァイスした。

何としても自分の出したい作品を自分自身でまとめたい意志が強固であること、一首一首削ることより、二人の対話を基軸にする小さなひとまとまりを中心とする構成全体を考えること、どうしても残したい一連の組み合わせを核とすることにした。三度のすり合わせを通じてできたのが読んでいただいた作品群である。上梓する者の意志で決定するのは当然とする辻桂子の固い意志に添ったものとなった。

〈確固たる自信・信頼〉

一度めは辻桂子と私、二度め三度めには松本紀子編集長の参考意見を聞くことにした。

この歌集『ＤＵＥＴ』の強弱をより客観視するためである。率直に、松本紀子の受けとめを聞いてみた。「大変な自信ですね。少しも迷っていない。主宰のアドヴァイスより自分自身の考えが全てなのにびっくりした。初めての歌集では、脅え、迷い、悩み、何かにすがりつきたい気持ちになるものだが、自信過剰と思えるこの自信はどこから来るのか。これは、主宰が辻桂子短歌に賛辞を送り続けてきたことによるのではないか。」

この歌集を底流する自信はどこから来るのか。

けだし、一つは自分自身に対する揺るぎない確信。もう一つは、自分の発する言語に対する絶対的ともいえる強い信頼であろう。この、自分自身と自らの言語への揺るぎない信頼が、この歌集をつくりあげているといっていい。

今や世界的規模において、人々は自信と信頼を失い、どこへ行くのか行き場を見失っている。他への信頼は地に落ち、自分自身へも疑いの目を向けて、未来に恐怖すら感じる「迷える羊」である。こんな危機的状況の中にあって、辻桂子の理性はいささかの揺らぎもない。自分の発する言語は相手に必ず伝わっていく。いや伝わらなければならないと信じて疑わない。

人も人の発し、受けとる言葉ももはや疲れきっている。こんな不安、恐怖に新型コロナウイルスが跋扈する現在、この歌集に光と生気があるとすれば、それは絶対的ともいえる、自分自身と自ら発する言語への揺るがぬ信頼の強さに起因するものと思われる。

〈純粋・無垢の歌〉

今、私は学生の頃読んだイギリスの詩人・画家ウイリアム・ブレイクの詩集を思い出している。記憶があいまいになって恐縮だが確か、寿岳文章訳『ブレイク抒情詩抄』であったと記憶する。（今世紀に入って『対訳ブレイク詩集』松島正一編が岩波書店から出版された。文言はこの書に従う。）

ブレイクは、彫刻家として画家として詩人として、さまざまな迷いや苦しみの体験を通して〝Songs of Innocence〟（無垢の歌）を重視する。詩は、純粋であり、無垢のものをもって出発する。思うに、辻桂子は辻桂子の中にもう一人の人間（鷹志かれん）を発見した。それは互いにもつれあい、よりそいあって、自分という人間を形作っていることを発見する。自分を生きて還暦を迎えた辻桂子の自画像といえようか。勿論、迷いも悩みも苦しみも悲しみもない人間はいない。辻桂子とて例外ではない。いささかの逡巡や悩みを突破する「無垢なるもの」「ひたすらなもの」「自信と信頼の証し」がこの歌集のよさであろう。

〈期待するもの〉

一つの完成は、新しい出発を約束する。ブレイクに戻ろう。「職人として生きた彼の想像力は社会の現実に根ざし、その視線は下から世界を見ていた」。ブレイクの重要なテーマは「無垢から経験へ」である。〝Songs of Innocence〟のみならず、様々な経験に裏打ちされた〝Songs of Experience〟（経験の歌）を重視する。

この実人生を生き抜く一人の人間として、他とどう向き合い、自らとどう対していくのか、他と自分とのどろどろの体験を通して鍛えられ、深まりをみせる、辻桂子の〈経験の歌〉の誕生を強く期待するものである。

そのための核心として、「自己内対話」の深化を期待して、丸山眞男のことばを贈ろう。

自己内対話は、自分のきらいなものを自分の精神の中に位置づけ、あたかもそれがすきであるかのような自分を想定し、その立場に立って自然的自我と対話することである。他在において認識することはそういうことだ。（『自己内対話』みすず書房）

二〇二一年七月七日

東京オリンピック・パラリンピックの年、

「曠野」三六年の出発の日に

欅山房にて

あとがき　～作りました！　てんこ盛りの押し寿司を～

画家は、年代によって画風や画題ががらっと変わることがある。短歌を作る私の場合、どうなるのだろうか。丁度60歳の区切りでもあるので、ここで一旦纏めておこうかな、と思った。

歌会でＩ氏から、「全く違う雰囲気の短歌がありますね。違う名前で異なる作風を詠み分けたら面白いでしょうね」と言われた。曠野短歌会に入会してから1年後ぐらいだったろうか。それ以来、二人の名前で歌会詠草を提出している。同じ題材でも雰囲気を変えたり、互いの領域として踏み込まない題材や表現を意識して作る。しかし、「今回は二人とも同じような感じですね」と言われることもある。自分の中の異なる性格や考え方がひしめき、そのせめぎ合いの中で、その時々の「私」としての反応が規定されてくるのだろう。それらが平和的に共存していることもあるので、なかなか「明らかに異なる二人」を抽出・精製するのは難しい。それでも、歌集は「二人」で出そう、と思った。

そんなわけで、還暦となる日を発行日として二人の連名（共著）で歌集を上梓することにした。

せっかく「自分の歌集」として、自分で自分の発表の場を作るのだから、歌誌「曠野」などの与えられた発表の場では絶対にできないことをやってみたい、とも思った。ある日本画家が自ら企画した個展では、公募展に出品する雰囲気とは異なる作品を、画商が企画した個展とも違った雰囲気で展示しているのを実際に見て知り、その意志は固まった。
「ここは自分がプロデュースする、私の作品を見ていただくための場なのです。」
公募展で入選することや売れる絵を描くこととは違う「作家」の顔が見えた瞬間でもあった。

では、今の私に何ができるのだろうか。

まず、作った短歌を全部読み直してみた。

二人の違いを明確にできるものを選び、対比させ「競詠」させる章を設けよう。混ざり合った状態で詠われたもの・二人が同時に存在する「場」については、二人を区別せずに「共詠」させよう。絶対に片方にしか作らせない短歌の領域は、別々の章に分けよう。

絵画や書体などのイメージを伴ってできた短歌は、それを目に見える形にしよう。稚拙なグラフィックデザインであっても、まず何らかの「雰囲気」や「イメージ」が読者に生まれ、それが文字情報の短歌から伝わってきたものと一致すれば、面白さが増し、記憶に残るかもしれない。一致しなければしないで、そのギャップが脳や心への引っかかりになるかもしれない。

本のカバーでは、外見は同じでも内から滲み出る雰囲気が異なる二人の様子を視覚化したかった。そこで、黒一色のペン画で魅力的な女性像を多数描いている川口絵里衣先生に、二人の短歌を鑑賞していただき、作ろうとしている本のタイトル『DUET』からイメージされる二人の人物画の制作をお願いした。

掲載歌を決めるまでに、曠野短歌会主宰の飛髙 敬先生のご指導を三回受けた。当初、823首選び組んでおいた短歌。絞りながら組み直し225首になった。さらに、編集部の鋭いご指摘をもとに手を加え、最終的に222首に纏め上げた。

辞書にない言葉は使うな、と飛髙先生から厳に戒められてはいるものの、「埼玉都民」歴40年以上となる私にとって、この言葉を何らかの形で自分とともに未来に向けて残したかった。辞書になければ、この本の中で辞書風のページを作り、あたかも辞書にある言葉のようにして使ってしまおう、と思いついた。私は、昭和56年1月20日初版発行の『角川新国語辞典』を40年近く愛用している。角川『短歌』の矢野敦志編集長に歌集づくりのお願いでうかがった初対面の日、裏表紙がべろんべろんになった『角川新国語辞典』を持参、「大人になってからの私は、この本を常に自分の身近に置いて生きてきました」と伝え、『角川新国語辞典』の雰囲気で『埼玉都民』の項を起こしてください。そうすれば、私の本の中で、この辞書と私はずっと一緒でいられることになると思います」と懇願した。「うわー、私が生まれる前に出版されている……」と奥付をご覧になりながらしばし思い巡らせた矢野編集長。そして「いいですよ」と。新型コロナウイルス流行による「ニューノーマル」のため半分マスクで隠されているものの、満面の笑顔とわかった。これで「埼玉都民」は堂々とこの本の中で使える言葉になるのだ。私は安堵した。後日、デザイン確認用のプリントアウトを見たとき、嬉しくて思わず頬ずりしてしまった。

私は、もう一冊、編著書として『変奏曲を編む』（求龍堂）を同日刊行準備中である。『変奏曲を編む』から流れ出るいくつかの「調べ」（変奏曲）を本書『DUET』に呼応させ、あるいは発展的に呈示できるようにもしたかった。『変奏曲を編む』に掲載された絵画を見た時に生まれた短歌を推敲し、さらに何首か作り足して組んだ《青い炎》や《花火》、章の題そのものや遊び感覚を受け継いだ《もじもじ》と《なぞなぞ》などを本書に設け、それぞれ独立した図書が響き合い、DUETしているようにもしたかったのだ。

というわけで、本書は、現時点の私だからこその発想や表現の「こだわり」と「たくらみ」のてんこ盛りを押し寿司にしたような歌集、なのである。同じ短歌222首をもとにしても、1年以上前の私なら、1頁3首ぐらいにして一律に流し込むだけだったろう。5

年後10年後の私ならば、散文は省き、いくつかの異端児的短歌はすっぱり切り捨てることだろう。

＊＊＊＊＊

出来上がった本しか見ていないと、「校正」という仕事は全く見えなくなってしまう。今、手元にある初回校正入りゲラ刷りは、遠慮がちな鉛筆書きの校正者の書き込みがしっかり見える状態にコピーした。私は、これを一生の宝物として時々繙(ひもと)きたいと思っている。適切な漢字や語句の選択についての確認コメントには、作者の私よりも深く歌意を捉えた鑑賞に基づくものがあり、はっとさせられたこともあった。ワープロの変換キーまかせを恥じ入る事例もあった。内容校正で挙げられた指摘事項のいくつかには疑問が生まれる根拠となった資料が添付され、最初の原稿のままでは誤記となるものもあり、涙が出るほどありがたかった。編集者・校正者は「上梓後の読者の味方」であり、著作者にとっては「クールであたたかい上梓前の読者」である、ということを身に沁みて感じたのであった。

語句の意味の再確認には、もちろん、40年近く愛用の『角川新国語辞典』を利用した。漢字の選択についての校正者のコメントを読み、確認のため久々に漢和辞典を書棚から出してみたら……昭和51年1月20日163版発行の『角川漢和中辞典』！　これも角川であった。ぱらぱら開いてみたら、1年ぐらい前から行方不明だった薄型プラスティックのルーペが飛び出してきた。ルーペが見つかってよかったという気持ちと、漢和辞典をもっと使うべきだったという気持ちの両方が広がった。

それと同時に、特に頻度高く使っている国語辞典は、もうそろそろ買い替えの時期なのかもしれないと思った。新しい国語辞典であれば、40年前にない言葉が掲載されていることだろう。意味（定義とニュアンス）が変わっている言葉もあるかもしれない。新しい国語辞典を購入する前に、まず、サンキュータツオ著『学校では教えてくれない！国語辞典の遊び方』を読み、どのような辞書をどのように使うのがよいのか、考えてみよう……あれ!?　これも角川（角川学芸出版）！

＊＊＊＊＊

いつも厳しくも温かいご指導をくださる曠野短歌会主宰飛髙敬先生、掲載歌の推敲のアドバイスもしてくださった松本紀子編集長、歌会を短歌づくりの学びの場として盛り上げる曠野短歌会会員の皆さまに厚く御礼申し上げます。

私の意図を汲みつつ、すっきりきっぱり本文をデザイン・構成してくださった南　一夫さま、カバーの素敵な絵のみならず本文中に掲載するカット3点も急遽追加で描いてくださった川口絵里衣先生に感謝いたします。

きめの細かい校正をしてくださいました株式会社円水社　奥谷暁乃さまに深謝いたします。

最後になりましたが、この本を作る上での私の熱い思いを冷静に受け止めつつ、未熟者の私を引き立ててくださった矢野敦志編集長、打田 翼さまに心から御礼を申し上げます。

そして、読んでくださった方々へ……ありがとうございました。

初回校正入りゲラ刷りを手にしつつ
令和3年10月3日12時12分

辻　桂子
鷹志かれん

著者略歴

辻　桂子／鷹志かれん

1961年、埼玉県生まれ。埼玉大学教育学部附属小学校・附属中学校、埼玉県立浦和第一女子高等学校卒業。星薬科大学大学院薬学研究科修士課程修了後、都内製薬会社に勤務。2012年、曠野短歌会入会。
本書には、同時刊行の『変奏曲を編む』（求龍堂）から流れ出るイメージを受け止め呼応させた部分が多数ある。

歌集　DUET　デュエット

2021（令和3）年11月29日　初版発行

著　者　辻　桂子・鷹志かれん
発行者　宍戸健司
発　行　公益財団法人　角川文化振興財団
〒359-0023　埼玉県所沢市東所沢和田3-31-3
ところざわサクラタウン　角川武蔵野ミュージアム
電話04-2003-8717
https://www.kadokawa-zaidan.or.jp/
発　売　株式会社KADOKAWA
〒102-8177 東京都千代田区富士見2-13-3
電話0570-002-301（ナビダイヤル）
https://www.kadokawa.co.jp/
印刷製本　中央精版印刷株式会社

 ISBN978-4-04-884457-4 C0092